ODE

SUR

LA GUERRE PRESENTE,

APRÈS LE COMBAT

D'OUESSANT.

PAR M. GILBERT.

A PARIS,

Chez BERTON, Libraire, rue Saint-Victor, au Soleil levant.

Et chez LE JAI, rue Saint-Jacques, au Grand Corneille.

M. DCC. LXXVIII.

On trouve chez Berton, Libraire, rue S. Victor, au Soleil Levant, la quatrieme édition du dix-huitieme Siecle, & de Mon Apologie, Satires, par le même Auteur.

C.

O D E.

Il a fui devant nous, pour retarder sa perte,

Ce Peuple usurpateur de l'empire des eaux ;

A peine, pour combattre, ont paru nos vaisseaux ;

Il laisse au loin la mer déserte ;

Des Français menaçants, l'image le poursuit ;

Il fuit encor, caché sous de lâches ténèbres (*),

Et dans ses ports jadis célèbres,

Il court de son salut rendre grace à la nuit.

(*) L'Armée du Roi a poursuivi celle d'Angleterre, & lui a toujours présenté le combat dans le meilleur ordre, sous le vent, depuis deux heures après midi jusqu'au lendemain ; mais l'Amiral Anglais n'a pas crû sans doute

A ij

Tu difois cependant, anarchique Infulaire ;

Environné des mers, Seul, je fuis né leur Roi ;

L'orgueil des Nations s'abaiffe avec effroi

Sous mon trident héréditaire ;

Les Français font ma proie ; ils n'affranchiront pas

Les humbles pavillons que mon mépris leur laiffe,

Déjà vaincus de leur moleffe

Et du feul fouvenir de nos derniers combats.

De tes Chefs dédaigneux, l'efpérance infenfée

D'avance publioit nos vaiffeaux prifonniers,

Et Londres attendoit nos plus braves Guerriers

Qu'ils enchaînoient dans leur penfée :

---

devoir l'accepter ; il a profité de l'obfcurité de la nuit pour faire fa retraite, en cachant foigneufement fes feux, tandis que tous les vaiffeaux de l'Armée du Roi portoient les leurs, &c. *Gazette de France*, du Lundi 28 *Août* 1778.

A leur table infultante ils convioient BOURBON ;

BOURBON qui fur les flots effayant fa vaillance,

Prouve fa Royale naiffance,

En bravant des périls auffi grands que fon nom.

* * *

Rendez-nous ce Héros, mer trop long-tems jaloufe ;

C'eft à lui d'annoncer la honte des Anglais ;

Il vient : feux d'allégreffe , entourez fon Palais

Qu'attriftoient les pleurs d'une époufe :

O tendreffe ! ô tranfports , par la gloire permis !

Couple heureux ! Plaifirs purs , où leur ame fe noie,

Croiffez de la publique joie

Et de l'abaiffement de nos fiers ennemis.

* * *

Aux armes, fils des Rois; nos vaiffeaux vous demandent,

Impatients du port & de l'oifiveté ;

L'Anglais, pour avoir fui, n'eft pas encor dompté;

D'illuftres dangers vous attendent;

(6)

Aux armes ! que l'honneur vous enlève à l'amour ;

De nouveau fur les mers tout Albion s'avance,

Et triomphant de votre abfence,

Par d'infolens défis preffe votre retour.

✻

Quel tumulte ! quels cris d'allégreffe & de guerre !

Annoncent-ils BOURBON aux rivages Français ?

C'eft lui-même ; Soldats, illuftrés d'un fuccès,

Fendés les eaux, fuyez la terre ;

Périffent les Anglais & leurs défis altiers !

Ciel ! que de fang verfé teindra l'humide plaine !

Des deux côtés l'onde promène

Des forêts, des cités, enceintes (*) de guerriers.

✻

Bientôt vous entendrez, par cent bouches rivales,

L'airain contre l'airain, tonnant avec fracas ;

Vaiffeaux heurtant vaiffeaux ; Soldats contre Soldats

Epuifant leurs haînes natales ;

____

(*) ... Scandit fatalis machina muros
Fœta armis. *v. En. II. §.*

Triomphons ou mourons ; quel opprobre éternel ;

Si la plus noble paix, digne prix de nos armes,

Ne suit les premières alarmes

Dont Louis voit troubler son règne paternel.

Songez en défiant l'Anglais & les tempêtes,

Que si vous prodiguez votre sang généreux,

Ce n'est point pour tenter un de ces vols heureux,

Annoblis du nom de conquêtes ;

Français, vous combattez pour l'honneur des Français;

Vos affronts commandoient la guerre qui s'élève ;

Un siècle efféminé s'achève ;

Qu'un siècle de grandeur s'ouvre par vos succès.

Vengez-nous ; il est tems que ce voisin parjure

Expie & son orgueil & ses longs attentats ;

D'une servile paix, prescrite à nos Etats,

C'est trop laisser vieillir l'injure :

Dunkerque vous implore ; entendez-vous fa voix

Redemander les Tours qui gardoient fon rivage,

Et de fon port, dans l'efclavage,

Les débris s'indigner d'obéir à deux Rois.

***

Dieu, qui tiens fous tes loix la Fuite & la Victoire ;

Toi dont le fouffle appaife & foulève les eaux ;

Qui pouffes à ton gré les Empires rivaux

Vers leur décadence où leur gloire ;

Si l'injuftice arma nos ennemis jaloux ;

A nos vaiffeaux, conduits par tes mains tutélaires ;

Soumets les vents auxiliaires ;

Defcends, Dieu des Bourbons, & combats avec nous.

***

Des vertus de LOUIS récompenfant la France,

Tu permets qu'il revive en fa poftérité ;

De ce palmier tardif un rameau fouhaité

Eft promis à notre efpérance :

Naiffez

Naiſſez, Fils de l'Etat, pour le voir triomphant !

Grand Dieu ! tu ne veux point, déshonorant nos armés,

Troubler, par le deuil & les larmes,

Les Fêtes qu'on prépare à ce Royal Enfant.

❋

Non, généreux Guerriers ; cet Enfant vous préſage

Et la faveur du Ciel & des lauriers certains :

Cette épée en fureur, qui s'agite en vos mains,

Lui doit la Mer pour appanage :

Nuit qui ſauvas l'Anglais, prompt à fuir nos vaiſſeaux,

C'eſt toi que j'en atteſte, & toi, Guerre inteſtine,

Qui tiens la dernière ruine

Pendante ſur le front de ces tyrans des eaux.

❋

O vous qu'ils opprimoient, Fils des mêmes Ancêtres,

Racontez leurs revers, enhardiſſez nos coups,

Colons Républicains, par la victoire abſouts,

D'avoir banni d'injuſtes Maîtres ;

B

Français par l'amitié, depuis ce jour vengeur,

Où Vergennes, du monde assûrant la balance,

Consacra votre indépendance,

Et défit Albion par un traité vainqueur.

Reignez votre Univers, où leur pouvoir expire,

De leur domaine ingrat, retranché pour jamais ;

La Liberté transfuge opposant à l'Anglais

Empire élevé contre Empire ;

Leurs climats épuisés d'hommes & de trésors ;

Les champs Américains dévorant leurs Armées ;

Leurs flottes en vain consumées ;

Leur triple Etat courant s'engloutir sur vos bords.

Et nous sommes Français ; & dans nos ports timides,

Ce reste de vaincus veut imposer des loix ?

Eveillez-vous, Guerriers, & rendez à nos Rois

Le trône des États humides :

Jufqu'en leurs Forts aîlés, entrez victorieux ;

Frappez ces Légions, leur dernière efpérance ;

Que le bruit de votre vengeance,

Aille au fond des tombeaux réjouir nos Ayeux.

⁂

Déjà font accourus, tout rayonnants de gloire,

Orgueilleux de revivre en vos Chefs indomptés,

Et Du Quefne & Forbin, tous ces Héros vantés,

Dont les mers gardent la mémoire ;

Ils vous fuivent, brûlant de combattre avec vous ;

Les voyez-vous, Guerriers, ces phantômes terribles,

De leurs bras encore invincibles,

Poufler vers l'ennemi vos vaifleaux en courroux.

⁂

» Ici font les Anglais ; des dangers qu'il affronte

» Chacun de vous aura fon père fpectateur ;

» Marchez, vous difent-ils ; devant vous eft l'honneur ;

» Derrière, à vos côtés, la honte. »

Mânes de nos Héros, vous ferez satisfaits ;

Vous ne rentrerez point dans l'éternel silence ,

Affligés d'avoir vû la France

Réduite à regretter l'opprobre de la paix.

F I N.

Lu & approuvé, ce 31 Octobre 1778.
D E S A U V I G N Y.

Vû l'Approbation, permis d'imprimer le 31
Octobre 1778.　　　　*LE NOIR.*